夏天的喜剧

何不言 著

长江文艺出版社

何不言

原名何兴中,1985年生于广西罗城,仫佬族,先后就读于中国人民大学(本科)与北京大学(硕士)。现居北京。

目录

辑一：亦庄（2021—2022）

十二点，马驹桥	003
菜园	004
电流	005
意义	007
回乡偶书	009
与奶奶谈论死亡	010
光	011
在蛇口	012
当有人问起沉默	013
大雾	014
潜伏	016
夏天的喜剧	017
回答	019
惊醒	021
回乡偶书	022
蹦床	023
波德莱尔	025
电梯	027
在火车站	029
星期日	030

写字楼里的邻居	032
清晨	034
现场	035
门卫	036
六月在凉水河北岸	038
工业园的松鼠	039
夜晚	040
荣京东街	041
时间	042

辑二：中关村（2003—2010）

中关村：雪	045
回声	047
盲人	049
夜宿大恩寺	052
莲花山	053
春天，树木飞向它们的鸟	054
中关村：秋天	055

中关村：伪贵族	057
写在十九岁之前	059
你把自己想象成一个巫师	061
春晓（组诗）	063
琵琶巷	067
蜡烛越来越少	068
蓝	069
父亲	070
饮酒	071
静物	072
裸身躺在大地上	073
致一位潦倒的朋友	074
群山与被隐没的……	076
四月	078
北风十四行	080
埋伏的空气在等待点燃	081
深夜十四行	083
夜班车	084
大雨倾盆	085
稻草	087
后记	089

辑一： 亦庄 （2021—2022）

十二点，马驹桥

几个格子的光，硬而缓慢。
静止的脚手架：以黑暗为食，
持续增加夜的硬度。

坐下来，用纯熟的技艺削一个
不值一提的苹果。
通过雾霾的纹理，确认
南五环外的甜味。

阵雨洗刷窗玻璃，妻子
在睡梦中与神对峙。寂静加深，
灯光在书页缝隙印证波粒二象性。

咬开的果核里，大气在分层，
几粒灰尘闯入无物之阵。
窗外，高空有隐隐的轰鸣和红色闪光。

2021.07.15

菜　园

多年后,因为葬礼,我再次回到菜园
红薯和白菜把阳光照顾得很好
黑土小心翼翼地和空气交换情报
数一数它们:蝼蛄、螳螂、蟋蟀、蜻蜓
互不侵犯,依旧遵循奶奶布在人间的秩序
苦瓜提前熟透了,沉甸甸的,充满风

2021. 12. 11

电　流

我从小听见电流声。
起初,我以为自己脑袋坏了:
装了太多尖锐的硬物,它们
在里面拉拉扯扯。

偶尔,我看到电线管道里
有东西在跑:一只绝望的小动物,
速度惊人,但始终被包裹着,
无法现身。

按下开关,电流划过,
光毕毕剥剥地炸开。
这是最真实也最便宜的魔法,
阴影被一切为二。

父亲让我换灯泡时,我和它
第一次正面交锋。
它在我身体里跑了一圈,慌慌张张,
跑回了黑暗中。

我从不怀疑世界的真实,

直到我能区分,不同形式的恐惧。
光逐一照亮房间的零件,我退回到
离自己一丈远的阴影里。

2021. 10. 10

意 义

有时候,我和自己打上一架,
两败俱伤。
爬起来再打,直到
把盐打进皮肉,把火星
打进眼睛。

有时候,我也会亲自己的左脸,
拍拍右肩,给自己披一件冲锋衣,
保住体温,阻挡沙尘,
但
并不冲锋。

无论何时,我都怀疑有人
坐在台阶上看我,
有时向我扔一把沙子,有时
扔两块铁。

还有人,用打火机把天空
点得通红。黄昏的喜剧开始了,
舞台也已经搭建——

我和自己走在追光下，
握手言和，谈笑风生，
绝不过度欢喜也绝不透露困境。

凡此种种，皆为虚妄啊，
我和我自己，竟然羞于谈论人生的意义。

2022.07.05

回乡偶书

听觉和视觉正在消失,她通过触摸
确认血缘。一百岁的奶奶,
睡在大海里。

有一刻我希望她死。

父母擅于隐瞒消息。
每次回家,我都独自推理出
一个家族秘密。

暗号没变,钥匙藏在机关里。
清风推门而入,迎接的是钟声。
她像一张纸片停在床上,
上面潦草地画了几笔,难以破译。

母亲在厨房切菜,乡下亲戚送的鸭子
在麻袋里很乖巧。
闲坐的父亲抬起头,凝神解读
挂钟里的宇宙。

2021. 10. 10

与奶奶谈论死亡

"我想死"
今年,我没有反驳。
来自 99 岁老人的微弱短句,
意义明确,无法质疑。

"你想吃什么吗"
食物是人类最容易满足的欲望。
提问者毫无负担;
听者被唤起念想,时间充满
弹性和意义。

2021.03.26

光

火车安静地开了很久,窗外
夜色中突然炸开一团光。
一晃而过,无声无息。
车厢里昏昏欲睡的空气,
突然热起来。我在年幼的夜晚
负气出走,在村口无边的菜地里乱撞。
青蛙扑通扑通跳进水沟,所到之处
声音全部停止。
安静下来,一个窸窸窣窣的声音
贴着地面向我逼近。
我哭得毫不犹豫。
此时,一个手电远远地晃动,母亲
大声叫唤我的名字,
准备和整个黑暗搏斗。

2021.09.08

在蛇口

深圳海滨的工业区
山林墨绿,两百米一颗路灯
一个人的夜路,需要反复回头确认
身后是否有鬼。

交叉路口,重型卡车从隧道里蹿出
惊起声音的抛物线。

三公里外,轮船鸣笛出港
拉链锁紧蓝色。

我打开手机自带的小灯
沿路,七层集装箱像一块史诗
读者只有一个。

一公里夜路,
足以逼近史前文明。

2021.05.20

当有人问起沉默

说出第一个词,错误就已开始。
这不是生与死的抉择,
这只是餐桌上爆裂蹦起的黄豆,
是春风、雾霾和语言的压迫。

沉默并不充实,开口也
未必指向空虚。枣树盘根错节,
滋养蚁穴、缠绕废弃的铁,
地下的褶皱比地上更广大。

当有人问何为沉默,请咬开红色果肉,
看牙齿和枣核短兵相接。
文字横平竖直,却曲径通幽,
沉默就是剥开火,取出蓝色。

是并排的树,树梢有弹性的风。
是眉毛上的灰尘,一拂就掉进眼睛。
试图在树下睡放肆的大觉,
沉默着醒来,野兽在光里走动。

2022.03.13

大　雾

昨夜大雪，今晨大雾。
绵密，黏稠，
在小区布下迷宫。

抓一把空气，手心湿漉漉。
试一试气压，以及鞋底
和冰面的摩擦力。

大雾深处隐隐浮起橙红，
能见度十米。
细小的飞虫左右冲撞，
几辆卡车开来开去。

"南门已关闭"
折返的行人走得很慢，
避免撞到自己。

一个行人摔倒，
除了"嘭"的一声，悄无声息。
我扶住他，他看着我我看着他而我们
彼此没有面目。

甚至没有语言,
没有可以辨认的隐喻。

起身拍落衣服上的雪,但是雾
在每一个缝隙里。
几辆卡车打着红色双闪,在雾里
开来开去。

2022.01.16

潜　伏

县城咖啡馆最适合潜伏，
穿拖鞋，叼烟，用正确的方式进入现实。
烫金的菜单。正面：卡布奇诺。
背面：爆炒猪鞭。

友人骑二十公里摩托前来，把咖啡一口干完，
向我描绘丰收的壮景，有一些词
只在方言里才能准确表达，
喜悦总是结结巴巴，愤怒才一马平川。

烟雾缭绕，语言赤膊上阵，
对抗南方潮湿的空气。
谈话被加速，朴实、热烈、大开大合，
我盯着天花板的水珠，看它何时滚进我杯里。

离乡十九年，把户籍从山地迁到平原，
艰难修正口音，不到三分钟就被
打回原形。溃败的下午，
门口的脚手架上跳跃着我漆黑的亲人。

2022.06.27

夏天的喜剧

晨起的练功者,
徒手劈开无籽西瓜。

夏天并非匀速推进,
烈日
一阵阵冲锋。

擦汗。
三遍,四遍。
多疑的厨师,用录音机收集
烤肉吱吱冒油的证据。

白色椅子升高,
程序员编写人类繁衍的代码。
梯子攥紧通行证。

黄昏洗净案板,切割时钟。
齿轮反复咬合。

游荡者,
被石子袭击。

午夜时刻,钢筋自主进化。

2021.07.26

回　答

1

"你丢失了传统"
这句话让我一震。
沉默意味着背叛,而辩解是
耻辱。
风拧开红色瓶盖,
杜甫在水墨里坐船离开长安,阿米亥
决定返回炮火中的耶路撒冷。

2

"历史不是鸡毛蒜皮"
站在低处看天,太阳反而
不那么刺眼,
万物明确它们的轮廓。
光放慢速度,几粒灰尘在划船。
白云扶正玻璃大厦,
树冠彼此避让,甲壳虫
在叶尖相撞。

3

"然而并没有意义"
土地需要雨水,眼眶里的沟壑
需要银河才能填平。
寂静中打开汽水,
把自己吓一跳,
保持警觉,天花板里
钢筋水泥开始撕裂。

2022.06.25

惊　醒

半夜在心悸中惊醒，好险：
奶奶差点死了。
灰色的雨在天花板上密谋，
我陷进黏腻的空气里，有赴死的恐惧。

但是，奶奶确实已经死了，
那边至少有我的一个亲人。
想到这里，我慢慢放松了下来，
深呼吸，把多余的温度从体内排空。

又活过了一天。

2022.06.02

回乡偶书

孩子用普通话问我:从哪里来?
标准,自然,水到渠成。
我结结巴巴,诚实回答,
生怕被当成外来游客。
尽管在北京十九年,开口仍是
螺蛳粉味。

蹲下来,和亲戚交流感情,
惯例重复去年的话题,穿插使用
炉火纯青的问候。
再惯例生一场小感冒,
被母亲怀疑水土不服。

爬山,顺便看看
十几年前为自己找好的
风水宝地,自问死后是否
还愿意葬在这里。

2022.03.03

蹦 床

被抛进空中的时刻,
身体变重,衰老,
和每一粒灰尘的撞击声
都异常清晰。

影子是唯一的观众,
膨胀,模糊,直到消失。

像弹弓绷紧皮筋,然后"嘭"地
虚晃一声。一颗不存在的
弹丸,在减速的寂静里
到达中点。

后半段的路线早已确定,
一个精准的经纬度锁住终点。
两秒后是蹦床,几十年后
是墓地。

在造物主意志和情感法则之间,
在重力和阻力之间,
肉体和影子互相躲避,

只有记忆闪闪发亮。

在作为复数的时间里,
孤独和挣扎没有意义。

但是坚硬的部分留了下来,
成为墓碑,抵御雨雪,
风在这里转向。
有人踢他,脚会痛。

2022.04.09

波德莱尔

夜晚,你是巴黎短暂的皇帝。
拱廊下的光,因饱满而晦涩。
波德莱尔,在一次次的
转述中变得伟大:
金币、紧身裤、洗净的格律、
无所事事的怪癖和伪装,
和闪电打好关系,精准捕捉
转瞬即逝的惊鸿一瞥。

一百二十年后的街道,你笔下的
有轨电车不再被贵族抗议,
而是被画进时尚杂志里。
新的抗议出现了:被移植
到网络的词根,温度过高的铁。
聪明人在做什么?
准备一个拿手的戏法,向花盆
浇灌水银。

波德莱尔,如今的世界简单,
城市统一安装了玻璃,
街道明亮干净,没有多余的生物,

蚊子钻进钢筋水泥寻找粮食。
浪荡子在玻璃的反光里
寻找语言。更多的词语,
在阴影之中。

黄昏的阈值一再升高,
城市之光持续削弱黑暗的力量,
喧闹声分装在方块里。
天空合上盖子,为夜晚的演出发放
入场券。街道的角落,
更庞大的影子在移动。

2021.09.08

电　梯

又坏了，没有任何征兆。
有时，它从四楼掉下三楼，
让乘客吓出尖叫，更加珍惜
劫后余生的命运。

有时，它和按钮作对，
拒绝关闭，乘客越是愤怒捶打，
它越是无动于衷，始终保持
一块铁的姿势。

通向楼上的捷径暂时关闭，
它短暂取消了人类发号施令的
权力，对所有人一视同仁。

这是去年才完工的写字楼，
在所有秩序都建立之后，
它仍拒绝合作。

维修工人拎着工具箱前来，
扳手、锤子、钳子轮番上阵。
一个小时过去了，一箱铁

仍在整治另一块难以驯服的铁。

2022.06.28

在火车站

2车10F：随机的数字组合，
但可以把你载到另一个空间。

拉下灰色窗帘，
在不可逆的进程中躺下来。

票价便宜，时间也
不产生更多的价值。

下车，走进一个新的方程式，
词语的轰鸣在雾霾中扑来。

即使启动可怜的人生经验，
也无法校正语言的差别。

不知道该以什么速度进入，
也不知道时间往哪边偏。

2022.07.09

星期日

起初,
侄子把亲手搭建的城堡摧毁,
然后撒尿踩成烂泥,延长毁灭的快感。
才三岁,就学会了向时间示威,
并向我虚构毁灭的方法。

但我们已经迟到了。
地铁把我和你输送到亦庄泡桐大道,
从土地的胃里吐出,裹着铁锈的腥气。
多余的情绪,把空气搅得黏稠,
连懊恼都刷上了粉色。

四面都是脚手架,工人在空中,
徒手接住从地面抛起的红砖,
垒砌城市的密度。
工业园下班了,一个个口罩走向我,
径直走进我身后的阴影,连同
被捂紧的方言。

金光把两朵云打开,地铁口
哈出深处的寒气。

红绿灯是黄昏布下的摩斯密码，
我不得不止步，但什么都不等待。

2022.06.03

写字楼里的邻居

偶尔，我们在隐蔽的小路相遇，
相视一笑：我们同样深谙
亦庄工业园的地理学。

三年来，我们递烟，谈论工作之外的
所有事情：家乡、住址、年龄
冷门技能、个人癖好、关节里的痛。
即使交换微信，也始终不过问
对方的真实名字。

但每次同进电梯，尴尬
都会在井里同步升高。
短暂的十几秒钟内，不动声色
是成年人的能力。

也会在地下食堂相遇，
看上同一块自暴自弃的炖肉。

傍晚，员工都下班后，
他也会静坐在办公室里，和我一样
没有动作，没有声音，

像一架机器在更新系统程序。

2022.05.21

清　晨

带着腰痛醒来，却从未如此轻松，
想通了不能流芳百世，也不能富贵。
阳光洒在左边屁股上，赖床半小时，
暂停一天的高谈阔论，忘记新学的名词，戒贪嗔痴。
午饭后，与年迈的父亲和解，
抬头清理书架，灰尘闪着光。

2021.06.31

现　场

我指认，小时候尿过这棵树下的蚁穴。
一朵黑色烟花无声炸开，
小女孩咯咯大笑，我的虚荣心
极大满足。

我还指认，偷过这片菜地的黄瓜和西红柿。
那个夏天没有水果，
我们连蜻蜓都吃。
我向黄瓜和西红柿道歉，向不在场的主人
道歉。

当我第一次指认我的房间，
我压制着慌张。
这里收容了不安分的动物，昼伏夜出，
偷吃闪电。

最后是指认我的句子和词语，
它们虚情假意，写在错误的纸上，
记录不存在的天气，一个个干枯成
活字印刷留下的破损零件。

2021.08.19

门 卫

他从大两号的制服里,伸出
黑色枯枝。
尴尬的姿势,雪白的笑
玻璃房中的现代展品。

忘带门卡的下午。
厚重的大气,湿漉漉的蝉鸣
缓慢的汗。
这一刻摧毁耐心。

他掏出一个接一个
昨天才从外地运到北京的
无法被翻译的词。
带着绿皮火车的混合型汗味。

而我也不确信,他是否已捋顺我的
大舌头。坎坷的词,带着发射时的火星
在对撞。

十几秒后,他按下按钮
就此化解冷战下的

核弹危机,并朝我点头
表示已把我的脸录入,他脑里的
识别系统。

我竟如此势利、暴躁
活得像被赶下台的暴君。

2021.06.20

六月在凉水河北岸

阵雨骤停,水泥跑道沿心事繁殖
码头的杂草被推平,花盆摆成汉字
广场也建好了,黑色音箱抱着暮色醒来
离岸再远一些,大河的波纹才能显现

往东三十公里,你将目睹它汇入大运河的壮景
往南过一座桥,你会陷进灯火
少年向河里扔一只空瓶,它会落在北京吗?
捕鱼人屏住呼吸,捞起一网隋朝的泥沙

2021.06.29

工业园的松鼠

夜晚加班的意外发现：
一只金色的松鼠从灌木丛钻出，
并不怕人！它凝视我，
发动它的想象，目光警觉。
我用迟疑回应迟疑，
几秒钟后，沉默将我们
推向和解。
对视比偷窥更无所顾忌。
四面都是写字楼和厂房，
仅有的一片灌木丛
充满想象力。
它摇着尾巴，踱回秘境。
显然，关于人类的知识它尚未学习。

2022.07.01

夜　晚

寂静，是时间在堆积木
虫鸣和耳鸣竟无法分清
一只标点盘踞在书页的阴影里
用冷硬的轮廓对抗我
它隔离已读和未读的词
油墨里有宇宙在膨胀
我打开台灯
开关按得慢一点，光速就慢了一点
光里的灰尘也慢了一点
电流声和下水道声低速涌出
家具的方形、圆形、三角形、六边形以慢动作砸来
在迟钝的光中
今夜反反复复跨不过一个标点
只是回忆过世的亲人
积木立刻塌在光里

2021.09.08

荣京东街

九点下班,独自穿过工业园,
惊起灌木丛里的小动物。
便利店是安装在夜晚的一颗黄豆,
晚风有节奏地轻拍我如同婴儿。

朋友惯例发来语音,仍热衷于
谈论宇宙大爆炸,
养狗,娶一个寡欲的妻子,
保持朴素的世界观。

我点头,但不敢作声,
这么多年,我稳定控制着鼻窦炎。
在朋友圈隐居,吸风饮露,
身体从不背叛我。

不是风,也不是幻觉,
我看到光穿过树叶,噼啪作响,
这让我鼓起勇气,拨开灌木丛,
逼近让人不安的真相。

2021.05.11

时　间

当你质问时间，
时间躲在棉花里。

终日劳作，只为成为
被解救的人质。

当你质问时间，
就像朝佛祖扔一块石子。

才刚刚领会肉身的快乐，
就要用毕生去证明虚无。

2021. 05. 31

辑二： 中关村 （2003—2010）

中关村：雪

七年前，我从南方山区来到京城，
为雪欢呼：像一个孩子，一只
闯进语言的喜鹊。

每一场雪，都被说是
祥瑞之兆。

七年后，在中关村的大雪中，
我停下车来接听父亲的电话：
乡下大旱，所幸我们不再是农民；
祖父坟头也立了新碑，刻上了更多的
名词。

在雪的阻力中，
天迅速黑了。

我推着二手的"永久"自行车，
在建筑工地的轰鸣中，
把父亲的声音装进铃铛，让雪
飘进衣领。

大雪落下,
像天堂暗处降下的词语。
因为雪,我们有了
更多的沉默。

2010.04

回　声

"西上莲花山。你在白云之上，望见你的田地广袤，芳草离离。你走下云端，回到故园：大火之后的木屋倾斜，草料匮乏，马匹枯萎。焦躁的蜘蛛；蔓延至屋后的工程手架。草地上即将生长车站、电视塔与火葬场，并一路铺开红地毯。"

（你以为我还会相信，一个诗人灿烂的谎言？）

"你变得像一个乞丐，每一次自言自语，都像是往自己的破碗里扔一枚分币。但你没有乞丐幸运，因为除了你自己，没有人可以给你施舍。不要企图逮住小蟑螂，因为你们都有存在的必要。另外请你准备好掌声，给工地上夜行的白鸽。"

（来一瓣橘子吧，它比你的诗歌更能解渴。）

"橘子？你以为我们真的有这样的权力，把一个东西命名为橘子？
……是谁在工地上吹响了哨
子？哦，天亮了。你开始被洗漱声淹没，然后是砖块垒砌的声音。"

(看来你必须把长发剪短，赶紧生活。)

"生活？你的体内老鼠遍地，身后还有银河密探：他们遍布你的家乡、你试图隐居的江南小镇。你的早餐不合时宜，戴老花镜的美食家们难以下咽。不能接受它的色、香、味，那就吊销你的营业执照。"

(你肯定患了臆想症，整天只知道胡言乱语！)

"而你们是幸福的：你们终年耕作，对齿轮的尖叫声充耳不闻，对不断扩大的肥皂泡视而不见。你们还应该多出来晒晒太阳，呼吸飘来的白云。你们把自己的音容笑貌放在季节里缓存，多年以后，由众人取回你们的回声。"

(不必废话了！请你回去你的莲花山！)

2005.10

盲 人

1

我在半夜扶着墙壁起身
望见一个人坐在墙角
手捧水仙,在夜色中
坐成雕像
突然起风。月光
从百叶窗的隙缝间涌进来
我又变回一个瞎子
两手空空

2

远方似乎有雷声

盲人在深夜烧毁一些发黄的纸张
他对儿子说:"是不是蓝色的火焰?
……你不说话。你听到了吗?
那是猫头鹰的叫声,绝对没错。
都来了:湿润的风,湿土的香味,

蚂蚁的脚步，皱纹一样的闪电。
十几年前的暴风雨又要来了。
门口，必有一些树枝要折断。
明天，有人过复活节。你就代替我
在那些断枝上都挂起灯笼。"

3

神经衰弱的人第七次翻身。我的兄弟
拉开窗帘。他说："你就要开始做梦。"
……我开始梦见：山崖裂成风干的花瓣
……一个转动手枪的男人，不断催促
一个囚犯葬下一具木乃伊
……水井里突然跳出火焰
……老鹰从我的眼睛里叼出红宝石
……

我醒来对我的兄弟说："有一个陌生人
招呼我去种草，他的双手像阳光一样火热。"

4

盲道上的自行车井然有序。一个孩子
带着盲人穿过弯曲拥挤的街道
来到乡村。他们到竹林里坐下，盲人

对孩子口授失传的竹筒饭烧制方法
他还说到了：成群的麻雀、半夜苏醒的老虎
傍晚，他们走过干枯的河流
盲人在细碎的鹅卵石上，用拐杖敲击河床
"某一天的大水，将使下面升起天空。"

5

开往南方的火车

2004.05

夜宿大恩寺

卧听一宿木鱼,我思过。
悔不该,偷媚娘木瓜。
寅时起床,和尚引我下山。
半路野猴来袭,扯我发须。

山峰跳动,和尚走路只看云。
我脸红心跳,险落山谷。
大恩寺晨钟如钝器撞我心窝,
……唉,山不是山,水不是水。

和尚无耳无舌。我且学他
做半天哑巴,椅子上的云,
瓶里的风。此去再无山中清凉。
我正踟蹰,和尚乃送我小鲤鱼。

双手合十,咒语挂在金云朵。
一对男女上山求子,盗走我
口袋里的阿弥陀佛。鲤鱼乃打挺,
翻为大雄宝殿,复做媚娘之臀。

野猴扯我影子做甚?

2008.06.14

莲花山

星星在繁殖。莲花山上
群林拱向黄道带。
我们的头顶,风在形成,
果实隐隐爆裂。

莲花山:巨大的坟场,
"山峦如剑排,林海如汤沸"①。
沙尘渐冷,我们裹紧衣衫;
石根下,小秋虫收回触角。

我们葬下刚刚过世的祖父,
走下莲花山。墓碑静寂,
秋风鼓动倾斜的群星,
我们停步在薄暮冥冥的盆地。

2007.10.16

---

① 广西罗城县《县志》形容当地地貌"山峦如剑排,林海如汤沸"。

春天,树木飞向它们的鸟①

(致萧雨桐)

为了消失,裹紧风中共鸣的胸腔。
山风弹奏肋骨,终无声响。
丛林微澜,我们初次骑马登山。
石径曲斜,云朵钝如铁。

为了消失,用三年来长头发与胡须,
夜察星相,日种野菊,
采撷水银,寻桃木剑捉鬼,
模仿山中的一只蝉蜕。

为了消失,我们合并自己的影子。
石径一路蓝花,芳草碍马。
停在白云下,我们吹散成雪,
冯虚御风,茫茫山巅纵身一跃。

2008.03.15

---

① 题目出自策兰诗句。

中关村：秋天

"中关村的秋天完美得无懈可击。"他暗示你，但不肯轻易透露细节。什么诱惑都没有用，他铁石心肠。你愤怒得像一头狮子，转身离去，他却向你补充："你命犯桃花。"

白杨、桉树、毛毛虫、蝴蝶以及必要的落叶，在车窗两边呼啸而过。转瞬即逝的老乞丐：脏乱不堪，在天桥上，在你们的车后，不停地磕头，像小鸡啄米……像你乡下的伯父。你无所事事地玩弄车厢里的玩意。吊在窗边的卡片，正面：浮雕头像；背面：烫金的恭喜发财。打开收音机，甜蜜的女声向你重复医院的乘车路线。

"在天桥上，最适合翻唱一首老歌。"记忆总是美好的。而此时，你正像一只蚂蚁，爬过中关村冰凉的额头。中关村早晚出售数码产品、光盘、平南小刀与廉价的狐狸。地铁修建日夜兼程：一条长龙赶在 2008 年之前自由穿梭于中关村楼群下的地道。一个女工从洞中钻出，撇下铁锹，对着广告牌里的美女抽烟，满面尘灰。"满面尘灰，不过韵味十足，滴溜溜的眼珠使她像一只野生动物。"

电话响起，你一边接听，一边透过车窗观赏推销光盘的孕妇。他又在电话里出现。"可恶，快告诉我你是谁？"你愤怒地质问。但他不理会你,他的声音慈祥,像是在诵读经典里的诗篇:"你偷看了狐狸结婚。现在你应该回来。有一只愤怒的狐狸来找过你。"

"疯子!"你最终得出结论,不再理会他是谁,也不再想他要你回去哪里。你停车下来,气急败坏地混进暮色里的人群,假装观看美女的促销演出,津津有味。

2005.11.06

中关村：伪贵族

他在梦中指挥中关村的季节，昼察人色，夜观星相。白天，他出没于各种国际会议；晚上，他趴在下水道里，像一只痉挛的青蛙。"冬风吹开了屋顶，捎来了阳光与蚊子。"对他而言，所有的蚊子都是虚构的，他模仿一位诗人的口吻："九点九分九秒，我取消你。"所有的玻璃窗也都是虚构的，自从他认识了哈利·波特。

在站牌下等车，需要保持优雅的姿势。"上车要最后一个上，下车要最后一个下，总之，公共场合需要绅士风度。""……车站里挂满了面具"，他暗中观察旁人的神情，"这个端庄的女人或许身患艾滋，而那个面容慈善的老太太，极有可能是擅长南洋邪术的巫婆。"

"京城脚下，谁也没有染上贵气，"他知道，"但是，你需要熟知各种名牌。"此外，还必须留意各种细节：不要单独靠在白杨树下，不要在人群里左顾右盼，不要踢路边的小石头，不要对着玻璃窗照镜子；必要时，可以与公园里的小狗亲热，可以轻抚陌生孩童的头发，可以向清洁工人表示问候。

几片雪花飘落在他的眼镜上。"……下雪了吗？"他听见周围的人群开始欢呼。"这时候,你需要表现出镇静,但眼神要安宁而略有期待。"他假装成一个魔术师,消失在欢呼的人群中。仿佛这场雪与他无关。在观光电梯里,他缓缓地上升到大厦楼顶。他轻而易举地猜到楼下蚁群的呼声:"中关村!""下雪了!""噢耶!"

清晨的阳光渐次涌开,在雪花之上,在中关村上,在他身上。"多么神圣的光芒……"他仰望苍穹,正欲抒情,突然尿急,没有厕所。"为什么我来到一个荷叶参差不齐的池塘,四处的青蛙发出无比丑陋的叫声。"

2005. 12. 16

写在十九岁之前

明天我将在一列火车上进入十九岁,这让我感到措手不及。一个姑娘说:"车厢里的时间,应该比外面快些吧。"于是我想起我第一次坐长途火车那天:一觉醒来,窗外的房屋与群山界限模糊,分不清凌晨与黄昏。

后天我将会在一棵大树下乘凉,那里的空气时常布满飞虫,路过的村民们经常把尘土踏得胡乱飞扬。一些老人将和我聊起几十年前,他们在深夜翻过大山的故事。然后和往年一样,我们喝茶,摇扇子,像在等待秋天。

从城市回到乡村需要经过:大小的河流、隧道与原始森林。你翻出旧相片,说回到出生地就是回到最让人绝望的地方,说出生地就是你回不到的地方。所以我常常漫无目的地走,沿着大街一直走,走累了就掉头。

有人说蚂蚁会在夜深人静时唱歌,在大雨来临前唱歌,唱出一截快断的钢丝。这时野草迅猛抽芽,指向月亮。夜莺降临高岗。一个类似的场景曾经在我梦中出现。后来我拍打自己的头颅，看见鸟群仓皇飞出。

而公路一直被各种线条切割。洒水车缓慢驶过，它体内的物质将不断把空气打湿。我在一栋高大的玻璃建筑物前停下，背靠墙壁，听着车辆的呼啸声，像一个落魄的魔术师，慢慢隐入身后的玻璃之中。

2004.07.06

你把自己想象成一个巫师

(给某个人,他快双目失明了)

你把自己想象成一个巫师,双臂舒展,向上一挥
七圈蜡烛在黑暗中点燃,绿色的火苗上下闪烁
你在火苗里看见:沙漠中废弃的城堡、垂死翻飞的蝴蝶
你走出阴暗的小房间,月光险些将你绊倒

这时你走到一棵大树下,大树黑着脸,隔开月光
你试图偷听另一棵大树下两个黑衣人的窃窃私语
他们摊开一本小书,在上面圈圈点点,有时画一个叉
但你什么都听不到!(后来你回忆:"不小心打了个喷嚏。")

终于,你无所事事地走上天桥,乞丐撑着木棍又跟上来:
"来北京探亲,亲戚却搬走了,我的钱包又被小偷摸去……"
他的眼里飘起一场小雾。你的手在各个口袋掏来掏去
"不好意思,我只剩下一盆别人去年送的百合了。"

你觉得自己必须成为一个巫师,可以随时召唤雨水
但一支熄灭的蜡烛让你垂头丧气。"也许你本来应是
哲学家。"你得准备一张面具、一把桃木剑和一些神符
还要学会舞蹈。"这是否需要十年、二十年,或者更多?"

夜晚把墨汁倒进风里，风吹过的地方都没入同一种颜色
你也不例外。可能是着凉，你低声咳嗽，在人们都熟睡之后
显得如此不合时宜！你穿过破旧的小巷，遇见高粱饼的大招牌
没有什么可以给你充饥，尽管你饥肠辘辘。该走的人一个不剩

继续走吧。有人蜷缩在街边大声打鼾，衣衫褴褛，像一条
毛毛虫。"可是这深夜的风景……实在难以一一描述。"
唯一动听的是夜莺的歌声。它的瞳孔重叠碗大的月亮
你迟疑地停下脚步，随即又离开，不愿惊动月亮和它的枯树林

"石头倒长得比星星快……"你细步走过草坪，点一点脚尖
就把一个蚁穴摧毁。所有的事情都像是为你的出场做铺垫
你返回昏暗的小屋（越看越像七星祭坛），在门前犹豫了片刻
瞥一眼身后，就闪了进去，仿佛最后一个巫师，或者一只狗

2004. 11. 12

春晓（组诗）

一、离骚

你我一样：
被自己分离

扑灭瞳孔之火
体内夜晚盛开

昙花一现
脸孔漆黑

指尖的星光
聚拢又铺开

十步之外
大海淹没屋顶

二、垓下歌

若有歌兮起四方

你的影子在群山之谷
擦亮画戟

将士熟睡的帐篷间
小偷纵火

虞姬被柴火忘却
被空气收回

火把高举头顶
巫师舞蹈软弱

乌骓、小船在酒杯中
酒杯空空

端正疲惫的头颅
（主角缺席）
对着月光
大军合唱：
若有歌兮起四方

三、大风歌

大风吹散

森林、河流与人群

桅杆折断。暴露
废弃的钢铁

我们跌落水中
陆地剩下黑城堡

城墙塌陷一隅
我们还在水中

下身是水
上身为风

麻雀、白杨、稻草人
我们不断变换身份

大风从东来,载回
客旅,剩下我们

大风吹
我们的陆地在水底

四、春晓

你的经卷
你的寓言

你的舞蹈
你的卜辞

你的蚂蚁
你的野草

你的樊篱
你的孔雀

你的火焰
你的北风

春眠不觉晓

2005.05.21

琵琶巷

太阳涌起,他裹紧灰色大衣
街道浮上来,他的身体暗下去
楼群的阴影之上:渐次铺开的
光,缓慢,如晚唐壁画

中关村,是在瞬间变快的:
行人使出分身术,挤满人行道
仿佛早有预谋。他夹着皮包
裹紧灰色大衣,奔赴熟悉的

火柴盒。这个晴朗的、橙红的冬天
拉小提琴的男孩跺脚取暖
未成曲调,先有情
他放慢脚步跟上节奏,恍若

一只甲壳虫爬过楼顶的大钟。

2005.06.30

蜡烛越来越少

蜡烛越来越少。"你的城市夜夜灯火通明,每一座
屋顶都新装了避雷针……"醉酒的行人言语含混
只渴望两截蜡烛。"晚风也是新的……新年到了。"
小商店早早关门。(即使明天,也不再出售蜡烛)

蜡烛越来越少。深夜十点,工作才刚刚开始:姑娘
与永不停息的压路机、探照灯、巨大的脚手架
今夜,卑微的行人向你们致意。向我买不到的蜡烛
致意。行人的烟一支接着一支,向遥远的黑暗致意

蜡烛。"无非是一个醉酒人的冲动。"冬夜深了
熄了池塘的蛙声、树间的蝉鸣。(唯有夜莺歌声妩媚)
冬夜深了。(春天还会远吗?)黄昏的土地,如蜡烛
被风轻轻掐灭。"瑞雪兆丰年;孩子们笑声灿烂……"

越来越少。似曾相识的客人,感谢你为我打开家门
客人,请再次为我拉紧窗帘,在天明之前
我要用食指在桌上画出两截蜡烛。摊开废弃的白纸
今夜,我的手指不再是兰花,闪电和雨声都是假的。

2005.02.03

蓝

羊牛入圈，鸡栖于苻
父亲擦拭农具
我躺在草垛上等待雨声

树梢黯淡，云朵黯淡
天空沉下柔软的蓝

我蜷曲在草垛上
看着风，看着村庄
那些种植在平原上的小蜗牛
那些擦拭农具的，父亲

雨声不来，树梢黯淡
倒挂的蝙蝠如痉挛的钟摆
时间燥热得，发蓝

此时，风是相互碰撞的瓷器
我的呼吸是一朵潮湿的云

2007.05.12

父 亲

屋顶响起了炊烟
此刻,寂静在加重
父亲咳嗽,劈柴,生火
此刻,他听见羊群在繁殖

在暮色里,在涌进屋里的风中
父亲往灶里添加木柴,一言不发
风中涨起的白发,被点燃
呼应着,灶里的火焰

暮色里的村庄,北风正紧
猫头鹰咕咕叫,催促父亲赴黄泉
父亲生火,咳嗽,为城里归来的儿子
煮熟了米饭

父亲的村庄,父亲的
小小羊圈,呼吸均匀
此刻,减速的寂静,停留在
他倾斜的心脏

2007.5.12

饮　酒

我已为你煮好了黄梅酒
天际微曛　风雨不作
这是饮酒的好天气

没有场圃　亦无须桑麻
我们只有小小的酒杯
在夜晚　它们没有青山沉重

我们曾坐在船头
横槊赋诗　或者
把剩下的酒酹入江中
现在　风雨欲来
黄昏慢慢向我们靠拢

方圆十里唯有青草浮游
山坡缓慢　羊牛下来
我怀疑我们不在人间

这是饮酒的好时分
娘子　你看马蹄上的星光
与涌动的潮水呼应着月亮

2006.12.07

静 物

就有了光。黑猫无处可藏。
空水杯。药片。草稿。失修的
闹钟。晦暗的房间长满阳光。
一切都是静物:黑猫无处可藏。

破吉他。牛仔裤。蜘蛛网。
小小的盆景:滋养微小的寄生虫。
片刻的眩晕后,黑猫蜷缩在
流氓兔的影子里,瞳孔越来越细:

两枚针。眼神空洞而危机四伏。
一切都是静物:玻璃缸中的金鱼
双眼微闭,恍若停在半空。
世界孤立无援。黑猫无处可藏。

他抽搐着停下手中的画笔。

2006.04.06

裸身躺在大地上

露水,我们和你一起躺下
寒冷的呼吸
惊醒蛰伏草根的萤火虫

村庄熄灭,狗吠渐小
地气从草根的脉管里上升
注入我们的血液

我们醒着,沉默于月亮的阴影
黑色头颅呼应着
喑哑的星座

虫鸣息止,天空朝我们弯曲
一辆马车滚过天际
我们醒来,星辰在下降。

2007.05.29

致一位潦倒的朋友

一起失声。却比一只猴子
更懂得寻找位置。
蚂蚁、红木桌子、黑白照片
倾斜的屋檐
身上长满青苔。
在一个晚宴,打碎
镜子。

在庞大的森林中寻找溪水。
(一只老虎越过身后的
山坡,隐没于黎明)
风景黯淡:
食人蝶。亡鹿之血。
森林尽头的小木屋。
不计后果的短暂欢乐。

朝着北斗星。
"与啤酒一起忘却
远方的风"
"夕阳西下,河山壮丽"
街头,天桥,地铁

饥饿如此真实。
在街灯下铺开白纸，兑换
关于母亲的回忆。

2005.05.09

群山与被隐没的……

大风托起森林！天空匍匐着身子，贴近地面
鸟群从四面簌簌飞出，身披黄昏的鳞片
越飞越远。孤独的哨声从地平线上传来
森林汹涌，十万大山①鸟声寂寞

十万大山独自耸起，这土地的骸骨郁郁葱葱
静默地养育众水的源头，和濒临灭绝、羽毛修长的大鸟
每一个季节都将有鸟群出生在树丛的顶端
缺乏温度的鸟蛋将无法孵化，或者破碎，或者成为石头

山谷只剩下风化的石屋。石壁发白，变成粉末
颓墙上面凌乱的掌印深浅不一，年代久远
曾经，去向热带雨林的人们都要经过这里
沿路的老树皮上各样的名字纵横交错

白云浮于大山之上，像远方奔涌而来的浪花
千百年地浮于大山之上，并且见证它的全部秘密
白云底下溪流曲折，十万大山鸟声寂寞
连接群山的小路上野草疯狂地蔓延

---

① 广西境内有"十万大山"山脉。

而传说中紧锁黄金的箱子、折断的枪支与羊皮纸
被遗忘于哪一个杂草掩埋的山洞，隐秘的山洞？
有寻宝的人群冒险前来，离去时却堆下几座简陋的坟墓
就连这死亡，都已伴随黄金成为传说……

什么样的歌声可以复活一组山脉、一片森林？
枯枝在秋天咔咔断落，屋顶的黄叶打着旋
风化的石屋：空无一人，石头长草
像一个沉默的老人屏住呼吸，坐成雕像

乌云挟持着闪电的光芒，从天边翻滚而来
十万大山鸟声寂寞。溪流越来越急
森林汹涌，在风中奏鸣宏大的交响乐
所有来自大树根部的歌声将不再戛然而止

2004.10.03

四 月

"四月是燕子、柳絮、秧苗"
少女在高原浇开栀子花

三个人推开月下的家门
"她昨夜浇开了栀子花"

他们走过荒地,就歌唱野草
他们看到篱笆,就想象一只孔雀

短尾巴的老鼠从坟场钻出,从水里浮起
藏在树后,偷窥他们身上的月光

"四月了,栀子花在夜里盛开像白色的太阳"
他们拾起掉落在路上的火柴盒

鬼火燃尽,他们就把隐约的山歌叫作火把
有人暗暗停止怀念去年

美丽的少女,素未谋面的少女
摘下墙上的木琴。三个人带来前人的铜镜

……我即将在六月叙述一个栀子花的故事
之前,我刚刚参加完一场普通的葬礼

2004.05

北风十四行

在任何一座建筑物里我都无法躲避北风
寒冷的是乞丐,在三十七层的高楼外瑟瑟发抖
给城市一个响亮的耳光,冬夜落下雪花的手掌
火车不顾一切地撞进黑夜,再也没有出来

房间昏暗,除了四壁的浮雕之外一无所有
窗外的橡树染上了风寒,低声咳嗽
一千个行人中必然有几个抬起头
似乎想在某一截枯枝上发现意外的鸟巢

游子开始想念南方的大河、竹林与天空
无法与石头对话。告诫自己:拒绝哽咽
无法承受乌鸦的惊叫声——它黑着脸!

雪花已经忘记它的语言
整整一个冬天
北风都在试图吹开枯枝的花朵

2004.01.13

埋伏的空气在等待点燃

夜里十点怀着一张少女的相片走下五楼,
死寂的空气像百万敌军,十面埋伏。

独自穿过阴暗而幽长的走廊,走廊空空回响。
屋外簌簌跌落的枯叶暗示着十面埋伏。

是谁的身影尾随着我,像一把鬼火?
他以树叶为飞刀(飞刀绷紧了每一根神经)。

狐疑后我莫名其妙地壮大了胆子,于是
我掏出少女的相片。少女的双眸清澈而深邃。

她的离开在冬夜不声不响,无人知道。
那时的大雪惨白,哑口无言(和现在一样)。

冬夜虫子停止唱歌,但空气并不孤独。
她消失在霓虹灯的怀抱,裙裾洁白。

大树在深夜像厉鬼,面目狰狞。
风还不起。路上的行人脚步越来越快。

我就地坐了下来,用食指在地上写下:
三更还未降临,而空气已经等不及燃烧。

2003.12.17

深夜十四行

独行的人在深夜把月光踏得响亮
大步走过枯井、葡萄架和桂花树
葡萄架已经死去,桂花树在等待开春
雪花大片大片地沉沦,掩饰一切

风像刀子,这比喻平俗而贴切
独行的人停步在下水道前
他掏出打火机,却无法点燃
抬起头来只望见路灯还在远方

他轻轻地压低帽檐,竖起领子
准备启程时瞥见塑料花正开得热烈
黑魆魆的建筑物身影异常高大

现在是古书上说的四更。他扶正腕上的表
像在回忆什么:"是谁把那口井的眼球挖掉,
让工地剩下那只空洞饥渴的独眼?"

2003.12.18

夜班车

夜班车在看表的时候到达
载走路牌下的夜归人
(司机习惯于面无表情)
一个人的夜班车
像一个空旷的房间
家具只有几排掉漆的椅子
作为免费的临时居所
(多少人坐过这些椅子
现在,他们已经散布到
城市的哪些角落?)
车外的呼啸声断断续续
车厢内漆黑一片
座位冰凉,适合燥热的情绪
(谁的温度都没能留住)
当我还来不及分辨
那些消融在窗外的影子
这一辆晃荡的夜班车
早已从阴影驶到路灯下
接过另一个陌生人
然后开进另一个未知的阴影

2004.08.06

大雨倾盆

这时候往往涌出大风
路边的三轮车狼狈倒地
像发现一个秘密
玻璃窗里的人们
高声欢呼,神采飞扬
每一场雨都将把一群人
变成落汤鸡
有人含糊不清地咒骂
有人开始喝彩,舒展身肢
像在享受沐浴

天空的乌云
像黄蜂,聚拢又铺开
闪电劈向远方的榕树
(榕树没有安装避雷针)
蜻蜓紧闭沉重的翅膀
(翅膀早已湿得打不开)
石头依旧一声不吭
(淋过的石头更像石头)

小商店安静地播放

另一个地方的雨景：
整片田野的稻秆
匍匐在地
一旁的河流
水位涨高
湍急地漂浮着
死去的小生物

2004.08.06

稻 草

(写给津梅兄)

稻草在凌晨吹进天空
金黄而干枯,乘风向南

终于远离草垛,贫血的碉堡
众草的残骸被架到高空,仿佛仪式

飘过城市和农村的上空,还剩下荒原
稀疏的人群在身后的阡陌慌乱抬头

蓝天被一些人灌进胸口,成为大海
稻草是唯一的光明,却摘不下

命运是飞翔,命运是落下,与自己无关
被一只低旋的白鸟叼起,重新上升

原路折回。折回出生地。倒退
在临别的时候才想起故乡的名字

说不清是不是它的悲哀。撞见马群
铺天的尘土遮蔽奔跑。稻草它看见

可它是稻草。必须在中年被割断脚
必须被拧断头。上天纯属偶然

空心的稻草。被挟持着,失去方向
希望梦到田野,一支沸腾的火把

但它发现,大街脏乱,小贩四处吆喝着贱卖
用稻草编织的上衣、头颅、手、脚、和心脏

2004.03.28

后　记

何不言

和很多小镇少年一样,我的现代诗启蒙是泰戈尔、徐志摩、汪国真、席慕蓉、余光中等人,也只能是这些人。我甚至手抄过他们的很多作品,尤其是席慕蓉的情诗。在中学地理课、生物课上,老师在讲解陌生的名词,我在手抄早已滚瓜烂熟的诗句。

而第一次真正读到"现代"诗,是在二手书摊的一本陌生杂志上,封底印刷着俄国诗人巴尔蒙特的《致波德莱尔》。那是一种我从来没见过的诗。那一天我的心情很复杂,震撼、惊喜、迷茫、失落——我想多读一些那样的诗,但我不知道从哪里能买到!小镇太小了。

我当即买下那本杂志,花光了可怜的零花钱。十几年后,那本杂志早已找不到了,但部分诗句我还能背诵:"波德莱尔,灾难、断崖和魔鬼的情郎/我恐怖的极乐,我亲切的榜样//你落入深渊,而又渴望着顶巅/你透过沉重昏黄的忧郁望见蓝天//让我与你这巫师和术士合为一体/使我能待在人间不再不寒而栗"。

波德莱尔,从此成为我要寻找的陌生人。

2003年,我从偏远的小镇(广西罗城仫佬族自治县)考到中国人民大学读书,终于找到了传说中的波德莱尔,然后是艾略特、庞德、布罗茨基、特朗斯特罗姆、博尔赫斯、策兰……每一位都让我备受震动。那些不像"诗"的诗,更新了我的认知——诗,原来可以不"美"。那些诗挣脱了传统美文和抒情的桎梏,在复杂的时代中运用复杂多义的词语体系,精准捕捉时代洪流中的"惊颤体验",语言肌理中体现着强烈的时代精神,这些正是现代性之所在。现代诗,不仅仅是使用现代语言写的诗,更是具有现代性的诗。

2010年,北京大学硕士毕业之后,我进入一家互联网"大厂"工作,在当时最火的社交媒体平台的运营部门,参与管理整个中国互联网的顶级流量。2015年,从当时的公司离职,开始经商。2010年至2020年,停笔了十年,学习数据、人性与商业,更多地了解了世界的底层逻辑。

但这个世界,总有不可被数据量化的部分、在和时间的对抗中存活下来的部分,它或许是一个人安身立命的东西。2021年,我开始重新梳理我的诗歌地理:作为故乡的仫佬族小镇,求学阶段的中关村,职业生涯的中关村(刚好与前一个中关村在地理上重叠),创业后的亦庄与通州,这些地理共同建筑起我诗作中的类型景观与生存图景。

因此，这本集子分成两辑：第一辑是 2021 年至 2022 年间的作品，写作地点位于北京的亦庄与通州；第二辑是 2003 年至 2010 年间的作品，写作地点基本位于北京海淀区的中关村（人大与北大都在中关村）。两辑界线分明，遥遥对望，中间一片空白，颇有戏剧性。

十几年前，我还在人大读书时，和好友们发起了"中关村 59 号"诗群。当时师兄提出诗群的一组关键词"城市经验与乡愁"，我们不谋而合。十几年来，这组关键词一直是我写作的核心命题之一。其实按本雅明的说法，前工业社会的感知模式主要是"经验"的，工业社会的感知模式则主要是"体验"的。但经验与体验，都是我们进入现代都市内部的路径，甚至对我们的诗学趣味、人格塑形产生隐秘作用。

2021.09.26
2022.07.13 改

图书在版编目（CIP）数据

夏天的喜剧 / 何不言著. -- 武汉：长江文艺出版社，2023.1

（第38届青春诗会诗丛）

ISBN 978-7-5702-2897-3

Ⅰ.①夏… Ⅱ.①何… Ⅲ.①诗集－中国－当代 Ⅳ.①I227

中国版本图书馆CIP数据核字（2022）第165354号

夏天的喜剧
XIATIAN DE XIJU

特约编辑：寇硕恒	
责任编辑：王成晨	责任校对：毛季慧
封面设计：张致远	责任印制：邱 莉　王光兴

出版：长江出版传媒　长江文艺出版社

地址：武汉市雄楚大街268号　　邮编：430070

发行：长江文艺出版社

http://www.cjlap.com

印刷：湖北新华印务有限公司

开本：880毫米×1230毫米　　1/32　　印张：3.25　　插页：4页

版次：2023年1月第1版　　　　　2023年1月第1次印刷

行数：1862行

定价：52.00元

版权所有，盗版必究（举报电话：027—87679308　　87679310）

（图书出现印装问题，本社负责调换）